Unterwürfiger Sklavin und andere Geschichten

Erika Sanders

Serie

Herrschaft und erotische Unterwerfung

Zusammenfassung

Dieses Buch besteht aus den folgenden Geschichten:
Unterwürfiger Sklavin
Gehaltserhöhung
Unerwartete Situation
Wilder Empfang

Unterwürfiger Sklavin ist eine Geschichte mit starkem erotischem BDSM-Inhalt und gehört wiederum zur Sammlung „Erotische Dominanz", einer Romanreihe mit hohem romantischem und erotischem BDSM-Inhalt.

(Alle Charaktere sind 18 Jahre oder älter)

Anmerkung zum Autorin:

Erika Sanders ist eine bekannte internationale Schriftstellerin, die in mehr als zwanzig Sprachen übersetzt wurde und ihre erotischsten Schriften, fernab ihrer üblichen Prosa, mit ihrem Mädchennamen signiert.

Index:

UNTERWÜRFIGER SKLAVIN UND ANDERE GESCHICHTEN
ERIKA SANDERS

UNTERWÜRFIGER SKLAVIN

Sklave Susan erwachte mit dem köstlichen Drang, ihren Meister zu stillen, stellte jedoch bestürzt fest, dass er bereits weg war.

Auf dem Kissen neben ihr lagen stattdessen eine Notiz, eine einzelne Orchidee und eine Geschenkkarte für ihren Lieblings-Spa-Tag.

Sie gähnte und streckte sich, dann las sie eifrig die Notiz.

„Ich möchte, dass du den Tag damit verbringst, dich auf mich vorzubereiten. Du darfst heute nicht masturbieren, denn ich werde dir später alles geben, was du brauchst. Wir werden heute Abend beim Wohltätigkeitsball sein und danach werde ich dich in jeder Hinsicht benutzen, bis Ich habe meine Fülle.

Susan wusste, dass die Notiz ihres Meisters viel mehr sagte, als sie sagte, weil sie sein Herz kannte.

In drei kurzen Sätzen teilte er ihr mit, dass dieser Tag und diese Nacht zu ihrem und seinem Vergnügen sein würden, dass es keinen Teil von ihr gäbe, den er nicht an ihre Grenzen bringen würde, und dass sie alles tun sollte, um ihn zu erschaffen war ihm so angenehm wie möglich.

Susan liebte es, ihrem Meister zu gefallen, und er machte immer alles zwischen ihnen perfekt.

Susan stand auf und drehte ihre Haare zu einer Haarspange, während sie ins Badezimmer ging.

An einem Hakenpfosten an der Rückseite der Tür hingen das Kleid, die Strümpfe und die Schuhe, die Meister Robert für sie ausgewählt hatte.

Es gab keine Unterwäsche.

Susan lächelte, dann wusch sie ihr Gesicht, putzte ihre Zähne und bevor sie ins Zimmer zurückkehrte, öffnete sie die unterste Schublade der Kommode, holte die chinesischen Eier heraus und zog das Tanga-Höschen aus, in dem sie geschlafen hatte.

Der Meister hatte gesagt, dass es keinen Teil von ihr gab, den Er nicht benutzen würde.

Langsam platzierte er die chinesischen Eier und stellte sich sofort den prächtigen Schwanz seines Meisters vor ...

Er zog die Jeansshorts und das gelbe Button-Down-Hemd an, die Master Robert am Abend zuvor getragen hatte.

Sie trug gern seine Kleidung.

Auf diese Weise konnte sie es an sich selbst riechen.

Er zog seine Sandalen an, nahm die Geschenkkarte und machte sich schnell auf den Weg.

* * *

Als Susan ankam, stellte sie fest, dass Meister Robert wie üblich alles nach ihren Anweisungen organisiert hatte.

Die Frauen im Raum sagten nichts zu ihm, sondern machten einfach mit dem weiter, was sie taten.

Sie fühlte sich nicht unwohl in dem, was die Welt als unterwürfige Beziehung empfand, weil die Welt nichts von der Liebe wusste, die sie mit ihrem Meister Robert teilte.

„Ja, wir sind Herr und Sklave", dachte sie, während die Maniküristin an ihren Füßen arbeitete, „aber wir sind auch Ehemann und Ehefrau, Robert und Susan, Seelenverwandte!" Es spielte keine Rolle, wenn der Rest der Welt es nicht verstand.

Ganz einfach, weil sie keine Ahnung von der wahren Liebe zwischen ihnen hatten.

Nachdem sie ihre Maniküre und Pediküre abgeschlossen hatte, wurde sie in das Badezimmer mit Lavendel und Vanille gebracht.

Das war sein Lieblingsteil und Meister Robert wusste es.

Es fiel ihr sehr schwer, sich nicht zu vergnügen, wenn sie allein im duftenden Badezimmer gelassen wurde, aber sie wusste, dass ihr Meister heute Abend viel von ihr wollen würde, also ruhte sie sich im Badezimmer aus, ohne einen Orgasmus zu bekommen.

Als schließlich ihr Haar an der Reihe war, wuschen sie es, häuften es verführerisch auf ihrem Kopf und befestigten es mit der Haarspange, die er ihr bei ihrem ersten Date gekauft hatte.

Sie lächelte glücklich und dachte an die Freude, die es ihm bereiten würde, die Nadel aus ihrem Haar zu entfernen und zuzusehen, wie sie über ihre Schultern fiel.

Dies würde eine unvergessliche Nacht werden.

Zu Hause trug sie ihr Make-up auf.

Dann waren da noch die hohen Seidenstrümpfe und drei Zoll hohen schwarzen Absätze, die er ihr in Italien gekauft hatte.

Dort blieb er stehen, um sich selbst im Spiegel zu betrachten.

Etwas fehlte.

Es war ein kurzer Gedanke, den sie schnell vergaß.

Wenn er mehr gewollt hätte, hätte er es vorhergesehen.

Sie entfernte die chinesischen Eier, die sie den ganzen Tag am Rande eines Orgasmus gehalten hatten, streifte dann das zarte Kleid über ihren Kopf und ließ es an ihrem Körper hinuntergleiten.

Sie war zufrieden mit der Art, wie sie im Spiegel aussah, und Robert würde es auch sein.

Ein Hauch ihres Lieblingsparfüms und sie war bereit.

Sie nahm die Orchidee, die an diesem Morgen in einer Schüssel mit Wasser geschwommen war, und steckte sie in den Haarknoten in ihrem Nacken.

Als sie hörte, wie sein Auto in die Einfahrt einfuhr, wurden ihre Brustwarzen hart und ihre Muschi begann zu pochen.

Normalerweise hätte sie auf den Knien und mit gebeugtem Hals an der Tür auf ihn gewartet, so dass ihr Körper ihm völlig zur Verfügung stand.

Sie war sehr besorgt.

Sie eilte zum Fuß der Treppe, um auf ihn zu warten.

Als er eintrat, war sie bereits vor Aufregung rot geworden und sie konnte spüren, dass ihr Aussehen ihm gefiel, als er dastand und sie ansah.

„Du siehst köstlich aus, Sklavin Susan."

„Vielen Dank, Meister Robert, ich freue mich sehr, dass Sie zufrieden sind."

„Es scheint, als hättest du etwas vergessen."

„Habe ich etwas vergessen?"

Robert nahm ihr Handgelenk und führte sie die Treppe hinauf.

Auf dem Kissen, wo der Zettel und die Blume gewesen waren, lag ihr Halsband.

Sie war erstaunt, dass sie es nicht schon früher bemerkt hatte und erkannte sofort ihren Fehler.

Meister Robert hatte für sie das handgefertigte Halsband und die dazugehörige Krawatte für ihn ausgelegt.

Ihr Halsband enthielt ein halbes Kristallherz, das perfekt zu der anderen Hälfte passte, die sie trug.

Er hatte es ihr an ihrem Hochzeitstag geschenkt.

Wie hatte er es geschafft, es nicht zu bemerken?

Ihre Brustwarzen begannen sich zu dehnen und ihre Vagina pochte, als ihr klar wurde, wie schwerwiegend ihr Fehler war.

Robert öffnete seinen Gürtel.

„Ich liebe dich, Susan, aber ich kann eine solche Nachlässigkeit bei deiner Vorbereitung auf mich nicht zulassen."

„Ja, mein süßer Besitzer."

„Beugen Sie sich und fassen Sie Ihre Knöchel."

Man musste ihr nicht sagen, sie solle die Beine spreizen, da sie schon zuvor auf diese Weise bestraft worden war.

Meister Robert schaute gern auf ihre Muschi, wenn er ihr den Hintern versohlte.

Er packte das seidige Kleid und ließ es langsam über ihre Beine bis zur Taille gleiten, und aufgrund ihrer Position rutschte es weiter nach unten und um ihre Titten herum und bedeckte ein wenig ihren Kopf und ihr Gesicht.

Was für ein großartiger Anblick, den sie ihm bot, so elegant gekleidet, aber so grob posiert.

Er konnte sehen, wie aufgeregt sie war, weil die Nässe ihrer Muschi im Licht glänzte.

Er nahm den Gürtel ab, den er in der Hand hielt, und überlegte es sich anders.

Es würde eine lange Nacht werden.

Er drehte sich um, ging zu ihrer Seite des Bettes, griff in die Schublade ihres Nachttisches und holte eine Lederpeitsche heraus, die er oft bei ihr benutzt hatte.

Es hatte einen langen Griff und an dessen Ende hingen neun dünne Streifen aus weichem, geschmeidigem Leder.

Es wurde gut genutzt und geschätzt.

Er kehrte langsam zu ihr zurück, genoss das schöne Bild, das sie geschaffen hatte, und beobachtete die Veränderungen, die über sie kamen.

Sie atmete schwer und es fiel ihr schwer, still zu sitzen.

„Ahhh, meine Sklavin Susan, ich werde dich heute Abend genießen!"

Und damit versetzte er ihr drei schnelle Hiebe in den Hintern, die sie vor Schmerz und Vergnügen schreien ließen.

Er trat zurück und beobachtete die Geschwindigkeit, mit der die roten Streifen auf ihrem Hintern zu erscheinen begannen.

"Scheisse!" Dachte er sich! „Wie soll ich mich heute Abend beherrschen?"

Und mit diesem Gedanken kam sofort die Lösung.

Er würde es jetzt vor der Abendsitzung nehmen, nur einmal, um den Drang loszuwerden.

Er öffnete grob seine Hose, holte seinen ohnehin schon steifen Schwanz heraus und schob ihn tief in ihre Muschi, nicht zum Vergnügen, sondern um sie zu schmieren.

Was er in diesem Moment am meisten wollte, war rot, eng, glänzend und bereit für ihn.

Zu ihrem Entsetzen zog er seinen Schwanz aus der triefenden Muschi der Sklavin Susan und drückte ihn tief in ihren wartenden Arsch.

Der Ruf „JA!" von ihren Lippen entfachte sein Feuer und er schlug wie wild auf ihre erhobenen Hüften.

Er hielt sie fest und hörte nicht auf, bis er bereit war zu explodieren.

Sie hörte ihr eigenes mühsames Atmen und Stöhnen, als eine Ladung seidiges Sperma über ihren geröteten Hintern spritzte.

Als er wieder zu sich kam, bemerkte er, dass er sein heißes Sperma in den zarten, begehrten Arsch seiner Sklavin Susan rieb, während sie sich immer wieder bei ihm bedankte.

„Ich werde heute Abend meinen schwarzen Smoking tragen, Susan", und damit ging er unter die Dusche, während Sklavin Susan ihr Halsband anzog und dann zum Schrank ging, um ihren Smoking zu holen.

Sie war sehr gründlich und überprüfte noch einmal, ob alles, was er brauchte, auf ihn wartete, als sie aus der Dusche kam.

Sie legte jeden Gegenstand auf das Bett und dachte darüber nach, wie er sie gerade benutzt hatte, wie wunderbar seine Eier gegen ihre Klitoris klatschten, während er ihren Arsch verwüstete.

Sie war so in Gedanken versunken, dass sie ihn nicht hinter sich hörte, bis er sie sanft auf den Hals küsste.

„Ich möchte dich nicht bestrafen, Susan, aber oh! Wie großartig du aussiehst, wenn ich es tue."

„Danke, Meister Robert."

***

Im Auto ließ Master Robert die Robe über ihre Beine gleiten und spreizte ihre Schenkel.

Er berührte ihre immer noch tropfende Muschi, verbot ihr jedoch das Abspritzen.

so kurzer Zeit zu sehen , da sie sicher war, dass sie nicht mehr lange hätte durchhalten können.

Er steckte seine Finger in ihren Mund, damit sie sie mit Zunge und Lippen reinigen konnte, während er mit der anderen Hand die drei winzigen Knöpfe oben an ihrem BH aufknöpfte.

„Lass es so", sagte er ihr und küsste sie dann zärtlich auf die Lippen, bevor er ihr sagte, sie solle warten, bis er die Tür öffnete.

In der Halle war sie gezwungen, häufig von seiner Seite zu weichen, aber er war immer in Sichtweite von ihr.

Die Sklavin Susan unterhielt sich höflich mit den anderen Dienern, ging aber wie immer an die ruhigeren Orte und wurde allein gelassen.

Meister Robert hatte ein großes Bedürfnis nach Aufmerksamkeit und sie bewunderte die Art und Weise, wie er sich in solchen Situationen verhielt, so galant, so gutaussehend.

Als sie zum Tanzen aufgefordert wurde, wandte sie sich führungssuchend an Ihn.

Sie waren sich darüber einig, dass es Zeiten gab, in denen eine höfliche Annahme notwendig war, aber sie wartete immer auf seine Zustimmung, bevor sie annahm, und konnte sich fast immer darauf verlassen, dass er mit allem, was sie tat, aufhörte.

Heute Abend wartete er jedoch auf seinen Meister Robert und lehnte die Angebote ab, selbst wenn dieser zustimmte.

Nach der dritten Ablehnung ging er quer durch den Raum auf sie zu.

„Geht es dir gut, meine Liebe?"

"Ja."

„Warum tanzt du nicht?"

„Weil ich heute Abend einfach nur mit dir tanzen möchte."

„Dann, Susan, wird dir dein Wunsch erfüllt."

Er legte seine Hand um ihre Taille und legte sie sanft auf den Rücken, um sie zur Tanzfläche zu führen.

Er hielt sie fest und tanzte mit ihr.

Als er sie ansah, als wäre sie die einzige Frau auf der Welt, quälte er ihre Haut mit seinen Augen und brachte sie an den Rand des Glücks, indem er ihr zuflüsterte, wie er sie später gebrauchen würde.

"Bring mich nach Hause?" Sie flüsterte ihm zu.

Er nahm sie bei der Hand und führte sie durch die Menge.

Im Auto küssten sie sich leidenschaftlich und Sklavin Susan flüsterte ihm ihren Herzenswunsch zu.

„Ich brauche meinen Meister Robert."

Robert antwortete, indem er seine Hose aufknöpfte und ihr erlaubte, ihn auf dem Heimweg zu stillen.

* * *

Nachdem er das Auto abgestellt hatte, ließ er sie in der Einfahrt stehen und genoss die hungrige Art, wie sie seinen Schwanz verschlang.

Sie blieb gerade lange genug stehen, um ihr Kleid über den Kopf zu ziehen und es auf den Rücksitz zu werfen.

Dann schob er den Sitz zurück, entfernte die Nadel aus ihrem Haar und ließ sie über ihre Schultern fallen.

Er liebte ihr schwarzes Haar, die Art, wie es über ihr Gesicht und ihre Schultern fiel und wie es seine Fäuste füllte, als er es packte.

Robert beobachtete sie lange Zeit und staunte darüber, wie sie seinen Schwanz verehrte und ihn lutschte, als wäre es ihre eigene Nahrung.

Als ihr Wunsch zu kommen größer war als seine Zurückhaltung, vergrub er seine Hände in ihren Haaren und drückte seinen Schwanz tief in ihre Kehle.

Er bewegte sich mit einem tiefen Verlangen, das sie zu verschlingen drohte, in ihren Mund und ihre Kehle hinein und wieder heraus.

Sklave Susan zitterte in seinen Händen und ihm wurde klar, dass seine eigene Freilassung ihre auslösen würde.

Ein letzter Stoß tief in seine Kehle und er explodierte vor Ekstase.

Jeder Strahl heißer Milch erschütterte ihren Körper mit einem Krampf, der dem seinen entsprach.

Sie waren Herr und Sklave und doch waren sie eins.

Ein Körper ...

Ein wunderschöner Milchkrampf...

Eine Liebe!

* * *

Sklavin Susan öffnete ihre Augen, als Master Robert die Tür öffnete.

Er streckte seine Hand aus und half ihr aus dem Auto.

Sie stand im Mondlicht vor ihm, ihr schenkelhohes Kleid, ihre Seidenschuhe und ihr Halsband enthielten ein halbes Kristallherz.

Das Licht des Mondes und der Sterne tanzte auf ihrer Haut und er atmete tief auf, als er sie sah.

„Komm meine Liebe, unsere Nacht hat gerade erst begonnen."

Er führte sie hinein und ins Schlafzimmer, wo er die Balkontüren öffnete, um die Meeresbrise hereinzulassen.

Er nahm ihr Halsband und ersetzte es durch ihre Halskette, dann führte er sie zum Bett, wo er sie verband.

„Leg dich hin. Ich möchte spüren, wie sich dein Körper Mir unterwirft", flüsterte er.

Sie tat, was er verlangte, und wartete dann auf seine nächste Bestellung.

Als keiner kam, versuchte sie, ihren Atem zu beruhigen und ihn im Raum zu hören.

Wo könnte er sein?

Was machst du?

Seine Gedanken rasten, er ahnte seine Pläne für sie.

Sie wartete eine gefühlte Ewigkeit und glaubte, ihn atmen zu hören, war sich aber nie ganz sicher.

Als er schließlich dachte, dass eine Tracht Prügel wegen Ungehorsams besser sei , als noch eine Sekunde zu warten, griff er nach der Augenbinde, aber anstatt sie in Schwierigkeiten bringen zu lassen, sagte er zu ihr: „Berühre dich für mich."

Drei Worte, drei winzige Worte, entzündeten ein Feuer in ihr, das sie noch nie zuvor gespürt hatte.

Sofort waren seine Hände auf ihrem Körper, eine auf ihrer Brust und eine zwischen ihren Beinen.

Innerhalb von Sekunden krümmte sie sich vor Orgasmus, die Beine waren gespreizt, die Knie waren gestreckt, die Finger fickten wild ihre Muschi, bis sie abspritzte, ihr Rücken krümmte sich, bis nur noch ihr Arsch und ihr Hinterkopf das Bett berührten.

„Ja! Robert! Oh, mein Meister Robert! Ja! Ja! Ja!"

Als sie es noch einmal hörte, hatte sie ihre Größe nicht ganz verloren:

„Noch einmal. Mach es noch einmal."

Sie rollte sich auf den Bauch, legte ihre Knie unter ihren Körper und streckte ihren Hintern in die Luft, damit er ihn sehen konnte.

Sie vergrub ihre Finger so tief wie möglich in ihrer Muschi und masturbierte noch einmal zur Unterhaltung ihres Meisters.

Als es ankam, hielt es viel länger als das erste.

Er erreichte ihren magischen Ort immer wieder, bis er schließlich begann, sie um Gnade anzuflehen, während er an der Innenseite ihrer Schenkel entlanglief.

Sie drehte sich auf den Rücken und rief:

„Robert! Oh, Robert! Bitte! Bitte! Bitte fick mich jetzt!"

Er zeigte keine Gnade, als er sie packte und sie unsanft auf den Bauch rollte.

Sie erkannte seine Peitsche in dem Moment, als sie ihre Haut berührte.

„Danke, Meister! Danke für deine Großzügigkeit. Danke, dass du mir erlaubt hast abzuspritzen. Danke, dass du mich genug liebst, um mich zu bestrafen, wenn ich dir keinen gebührenden Respekt zeige."

Jeder Streich empfand die Dankbarkeit, die sie hätte ausdrücken sollen, als Er ihr erlaubte, zu kommen.

Er konnte sich nicht mehr zurückhalten!

Er bestieg sie so, wie sie war, mit dem Gesicht nach unten und nass vor Verlangen.

Er glitt so leicht in sie hinein, dass sie dachte, er würde sie zerstören.

Er packte sie mit beiden Händen an den Haaren und pumpte sie fieberhaft.

Sie dankte ihm immer noch, als sie sein Glied tief in sich spürte.

Er warf sie und drehte sie in sich hinein, und sie krümmte sich unter ihm und wartete darauf, dass er ihr gab, was sie brauchte.

Er fickte sie bis zum Orgasmus, ohne langsamer zu werden oder aufzuhören, bis er schließlich auch tief in ihren Schoß kam.

Sie lag unter ihm, melkte seinen Schwanz mit ihrer Muschi und flüsterte immer wieder: „Danke, danke, mein süßer Besitzer", während ihr Meister Robert hinreißendes Lob in ihr Ohr murmelte.

Das ständige Ziehen ihrer Muschi an seinem Schwanz hielt ihn aufrecht und schon bald bewegten sich ihre eigenen Hüften wieder.

Er liebte die Art und Weise, wie ihre Wünsche und Bedürfnisse mit seinen eigenen übereinstimmten.

Er gab sich Ihm so völlig hin, dass es nie eine Zeit gab, in der einer von beiden zufrieden war, bevor die Bedürfnisse des anderen gestillt worden waren.

Zuerst spürte ihr Körper manchmal den Schmerz seines langen, dicken Schwanzes und seines starken Anspruchs, bevor sie völlig zufrieden war, aber jetzt schmiegten sich ihr Körper, ihr Bauch, ihre Seele wie angegossen an ihn und der Schmerz ihrer Liebe war nur noch scheinbar Am nächsten Tag.

Sie gehörte ihm in jeder Hinsicht und sie war genauso glücklich darüber wie er.

Robert war fasziniert, wie schnell er wieder für sie bereit war.

Er ließ seine Hände über ihre Arme gleiten und packte ihre Handgelenke.

Sie hielt sie über ihrem Kopf zusammen, während er in die Nachttischschublade griff und seine Manschetten herausholte.

Nachdem er ihre Handgelenke verbunden hatte, zog er seinen Schwanz aus ihrer hungrigen Muschi, um zum Schrank zu gehen und ein Seil zu holen.

Er band das Seil an seine Handgelenke, um es als Leine zu benutzen.

Sie hatte immer noch die Augen verbunden, atmete schwer und er wusste, dass sie bedürftig war.

Er griff noch einmal in die Schublade und holte einen Mundring heraus.

„Mach deinen Mund auf, Sklavin Susan."

Sie tat, was er verlangte, ohne zu fragen, weil sie beide die Bedeutung ihrer Beziehung kannten.

Er steckte den O-Ring in ihren Mund und befestigte ihn fest um ihren Kopf.

Dann packte er sie vom Bett und setzte sie auf die Knie.

Was folgen sollte, war keine Bestrafung, sondern Vergnügen und Sklave. Susan hatte schnell gelernt, dass es einen Unterschied gab.

Master Robert hielt sie an den Haaren fest und schob seinen Schwanz durch den Knebel in die Kehle der Sklavin Susan.

Er hielt es dort, bis sie anfing zu würgen, und zog es dann heraus.

Er drückte erneut und hielt sie fest, aber innerhalb von Sekunden würgte sie wieder.

Er nahm es heraus und wartete.

Als sich ihre Atmung stabilisierte, drückte er sie erneut.

Dieses Mal konnte sie es halten, ohne zu würgen.

Er pumpte sie nicht, er bewegte sich nicht einmal, aber er ließ seinen Schwanz in ihrer Kehle, bis sie anfing, sich zu winden.

Als sich ihr Winden in Kämpfe verwandelte, zog er seinen Schwanz heraus und streichelte ihr Haar.

"Das ist mein Mädchen!" Sagte er stolz. „Das ist mein süßes Mädchen."

Diese zärtlichen Worte ließen die Brustwarzen der Sklavin Susan enger werden und ihre Muschi wurde feucht vor Verlangen.

Meister Robert trainierte seine Odaliske, um seinen gesamten Schwanz zu nehmen, ohne zu würgen.

Es war eine Frage der Geduld und Übung, aber es ging ihr immer besser.

Es gab Zeiten, in denen sie nie erstickte, und wenn das passierte, belohnte er sie großzügig.

Meister Robert legte den Führstrick an ihr Halsband und ließ sie zum Bett zurückkehren.

„Willst du mich, Sklavin Susan?"

Ja, seine Antwort war ein Nicken.

„Brauchst du mich, Sklave Susan?"

Wieder ja.

„Mal sehen, ob das der Fall ist?"

Robert befestigte das Seil am Kopfteil und machte aus dem anderen Ende eine Schlinge, die er über ihren Kopf und um ihren Hals legte.

Dann machte er sich daran, die Bedürfnisse seiner Sklavin Susan einzuschätzen.

Zwischen ihren Beinen glitt er in die richtige Position, um ihren pochenden Kitzler in seinen Mund zu nehmen.

Er saugte sie sanft, genauso wie sie ihn saugt, wenn sie ihn saugt.

Die Hüften der Sklavin Susan begannen zu rollen und zu stoßen.

Da sie mit dem Mundring nicht sprechen konnte, schnappte sie nur nach Luft und stöhnte.

Als sie kurz davor war zu kommen, wich er zurück und zwang sie, auf ihn zuzurutschen, wodurch ihr Hals fester am Seil befestigt wurde.

Meister Robert gab ihr das Gefühl, exquisit zu sein.

Er leckte sie langsam von ihrem Hintern bis zu ihrer Klitoris und zog dann mit seiner Zunge träge Kreise um ihre Klitoris.

Was Er ihr antat, war wahnsinnig und doch so wunderbar, bis Er wieder zurückwich.

Sklavin Susan rutschte nach unten, um mit ihrer Zunge den nötigen Druck auf ihren Kitzler zu bekommen.

Oh, wenn sie jetzt nur abspritzen könnte!

Nachdem das Seil nun fest war und nicht mehr locker war, stand Master Robert auf und vergrub seinen harten Schwanz in der triefenden Muschi der Sklavin Susan.

Er drückte ihre Beine nach hinten und fickte sie tief, hämmerte gegen die Stelle, die ihm so viel Vergnügen bereitete, biss auf die Titten, die ihm gehörten, und saugte immer fester an ihren Brustwarzen, aber als sie anfing, unter ihm zu schlagen und zu stöhnen, kam er zurück . sich zurückzuziehen und ihm nur seine Eichel und sonst nichts zu geben.

"NEIN!" Sie dachte.

Die Augenbinde, der Mundring, sie konnte weder sehen noch sprechen, um ihn um Gnade zu bitten oder ihm ihr Bedürfnis zu sagen , also grub sie ihre Absätze in das Bett und zwang sich weiter das Bett hinunter zu seinem Schwanz, den sie so sehr liebte.

Sie konnte jetzt nicht atmen und die Spannung des Seils ließ ihren Kopf nach oben und zur Seite neigen, aber sie musste es tun.

Sie musste ihn tief in sich spüren.

Es war so nah!

Sie konnte jetzt nicht aufhören.

Meister Robert lächelte erfreut.

Sie würde bekommen, was sie so dringend brauchte, oder sie würde sterben, und das war Er.

Sie liebte ihn mehr als die Luft, die sie atmete, und das reichte ihm.

Dann legte er sich vollständig auf sie und begann tief und fest in sie einzudringen, saugte an ihren Schultern und biss ihr in den Kiefer.

Als er spürte, wie sich ihre Beine um ihn schlangen und sein Körper zu zittern begann, ergriff er das Seil, zog sie beide auf das Bett und ließ die Luft in seinen offenen Mund zurückkehren.

Zu sehen, wie sie nach Luft schnappte und weinte und spürte, wie sich ihre Muschi an seinem Schwanz zusammenzog, war mehr als er ertragen konnte.

Er sprang auf und nahm seinen Schwanz in die Hand.

Er pumpte ihn heftig, bis er schließlich kam, und schoss Sperma nach dem anderen durch den Ring und in den Mund der Sklavin Susan.

"Oh ja!" Sie dachte, als sie ihn zum ersten Mal mit ihrer Zunge schmeckte: „JA! Ihr Körper, der sich noch nicht vollständig von ihrem Meister erholt hatte, war nun wieder voller Lust."

Immer wieder kam es für ihn, wie Wellen am Ufer.

Er war in jeder Hinsicht ihr Seelenverwandter und gemeinsam erreichten sie Höhen purer Ekstase.

Meister Robert nahm die Augenbinde ab und pumpte seinen harten, erigierten Schwanz weiter.

Als sich Jennifers Augen an das Licht gewöhnten, konnte sie sehen, wie ihr Meister ihren Mund mit seinem Sperma füllte.

Dann entfernte er den Knebel und erlaubte ihr, sein Geschenk zu genießen, während er weiterhin ihre Hände befreite und ihr Strümpfe, Schuhe und schließlich ihren Kragen auszog.

Meister Robert nahm sie in seine Arme und drückte sie fest.

Er flüsterte ihren Namen und sagte ihr, dass sie ihm gehörte und dass er sie liebte, ohne etwas zurückzuhalten.

Sie stand zitternd in seinen Armen und er zog sie noch näher an sich und versicherte ihr, dass sie geschätzt und beschützt wurde.

Als sein müder Körper aufhörte zu zittern, schlief er friedlich in der süßen Umarmung seines Meisters ein.

* * *

Sie wachte auf, als Er sie aufhob und zur Badewanne trug.

Er ging mit ihr hinein und wiegte sie in seinen Armen, während sie im heißen, dampfenden Wasser versanken.

Es war großartig und sie lächelte, als sie sich daran erinnerte, wie sehr sie die handgefertigte Badewanne so lange genossen hatten.

Meister Robert badete sie so sanft, als wäre sie ein Neugeborenes.

Er wusch ihr die Haare und schenkte ihrer empfindlichen Muschi und ihrem empfindlichen Arsch besondere Aufmerksamkeit.

Er rieb ihren Nacken und ihre Schultern mit seinen seifigen Händen und ließ sie über ihren Rücken und zu ihrem Hintern gleiten, den er wie Teig knetete.

Das Sklavenbad war ein Ritual, auf dem sie bestand, was es für sie umso bedeutungsvoller machte.

Es war wunderschön und sie war so glücklich, dass sie ihre Tränen nicht zurückhalten konnte, obwohl er den Unterschied zwischen Tränen und Wassertropfen nicht erkennen konnte.

Als er sie abtrocknete und ihr die Haare kämmte, entfernte er die Bettdecke und sie krochen wortlos zwischen den kalten Laken hindurch.

Es gab nichts zu sagen, was die Körper sich nicht schon gesagt hatten.

Wie bei ihrer nächtlichen Routine las Robert ihr vor, während sie mit ihren Fingerspitzen über seinen Körper fuhr.

Und mit bereits erteilter Erlaubnis pflegte sie ihn, bis er in eine Welt wahr gewordener Träume abdriftete.

GEHALTSERHÖHUNG

29

Anita klopfte an die Tür, als wollte sie sie nicht aufbrechen.

Das ergab keinen Sinn, da sie die einzige Person war, die noch im Donut-Laden war.

Das heißt, sie und die Person auf der anderen Seite der Tür.

„Kommen Sie herein", ertönte die Stimme dieser Person.

Anita öffnete die Tür, ging hinein und schloss sie hinter sich.

Das Klicken des Schlosses, als er es mit der Türklinke drückte, schien in dem ruhigen Büro ohrenbetäubend zu sein.

Erik Galvez blickte von dem Papierkram auf seinem Schreibtisch auf.

Er sah Anita an, eine hübsche brünette mexikanische Angestellte, die die Schuluniform des Ladens, ein weißes Hemd mit Knöpfen und einen kurzen karierten Rock trug und eine Tüte Donuts in der Hand hielt.

Sie hatte einen makellosen Körper und dichtes, stufig brünettes Haar, das ihr nicht bis zu den Schultern reichte.

„Hallo, Anita", sagte Eric.

Der Filialleiter, verheiratet, zwei Kinder und Mitte Vierzig, legte seinen Stift weg und lächelte.

„Hallo. Es tut mir leid, wenn ich etwas unterbrochen habe", sagte sie schüchtern.

„Natürlich nicht", versicherte ihm Eric. "Setzen Sie sich".

Das kleine Büro des Managers bestand aus einer Couch, zwei Stühlen, einem Schreibtisch und Aktenschränken.

Eric sah zu, wie Anita auf ihn zukam und ihr Rock hin und her schwang.

Sie setzte sich auf den Stuhl vor Erics Schreibtisch, schlug ihre langen Beine übereinander und ließ ihren Rock bis zu ihren Oberschenkeln reichen.

Er stellte die Tasche neben ihr auf den Boden.

„Was ist los?" fragte der Manager.

Anita zögerte, holte tief Luft und fuhr langsam mit den Fingern einer Hand über ihren Oberschenkel, von der Unterseite ihres Rocks bis zu ihrem Knie.

„Ich denke darüber nach, aus dem gemieteten Zimmer in eine Wohnung zu ziehen", sagte er.

Sie war Studentin an einer örtlichen Universität und hatte verschiedene Jobs an Orten, deren Arbeitszeiten ihren Unterricht nicht beeinträchtigten.

„Cool", sagte Eric begeistert und hielt dann inne. „Und du brauchst mehr Geld? Eine Gehaltserhöhung?"

Anita sah ihn schüchtern an, bevor ein ernsterer Ausdruck auf ihrem Gesicht erschien.

„Ich kann nicht glauben, wie viel Miete sie verlangen. Und die Anzahlung beträgt ...", begann er zu sagen.

„Ich weiß", unterbrach Eric.

Er sah sie einen Moment lang an.

Sie hatte fast ein Jahr für ihn gearbeitet und ein anderes Mal um eine Gehaltserhöhung gebeten.

In diesem Fall hatte sie ihren Körper genutzt, um seine Entscheidung zu „beeinflussen".

Tatsächlich hatte er sich seitdem eine weitere Bitte von ihr gewünscht.

Eric blickte auf die Tüte Donuts neben ihm.

„Nimmst du ein paar Donuts mit nach Hause?", fragte er.

Anitas Blick fiel auf die Tasche und dann wieder auf ihren Chef.

„Nein. Es ist für dich... für uns", antwortete sie.

Eric brauchte keine weiteren Erklärungen.

Letztes Mal hatte er auch eine Tasche mitgebracht.

Und dieses Mal wusste er, was zu tun war.

Er stand auf, ging um den Schreibtisch herum und stellte sich hinter Anitas Stuhl.

Sie beobachtete seinen athletischen Körper, bis er hinter ihr verschwand.

Vor Vorfreude lief ihm ein Schauer über den Rücken.

„Also, du hast mir einen Donut mitgebracht", sagte Eric leise. „Und du möchtest gerne teilen."

Anita nickte stumm.

Eric blickte die junge Frau an, deren Hemd oben aufgeknöpft war und deren gebräunte Beine unter ihrem ausgestellten Rock hervorragten.

Seine Hände umklammerten nervös die Enden der Armlehnen des Stuhls.

Eric legte seine Hand auf das Haar des Mädchens und strich mit seinen Fingern über ihren Hals.

Sie spürte die warme Haut unter dem Kragen seines Hemdes, dann bewegte sie ihre Hand zu seinem Hals, bevor sie sich dem obersten Knopf näherte.

Mit einer einzigen, flinken Bewegung öffnete er den Knopf; gefolgt vom nächsten.

Die Oberseite ihrer Brüste kam in Sicht, umhüllt von einem dünnen blauen BH.

Seine Finger glitten über die weiche Haut ihrer linken Brust und kehrten dann zum nächsten Knopf zurück.

Mit beiden Händen umschloss er ihren Hals und öffnete jeden Knopf, bis er den oberen Rand ihres Rocks erreichte.

Eric zog das Hemd aus ihrem Rock und öffnete den letzten Knopf.

Anitas Hemd öffnete sich gerade so weit, dass Eric den größten Teil jeder Brust von oben sehen konnte.

Er sah zu, wie sie sich hoben und senkten, während sie nach Luft schnappte.

Ein zentraler Haken zwischen ihren Brüsten hielt ihren BH zusammen.

Das war kein Zufall, dachte Eric bei sich.

Er griff nach unten, öffnete den BH und ließ die beiden Hälften frei auf den Enden ihrer Brüste ruhen.

Anita saß weiterhin regungslos da und blickte auf Erics Hände oder geradeaus.

Sie wusste, dass sich die Dinge schnell ändern würden.

Eric legte seine Hände auf ihre Brüste und ließ sie fallen, bis seine Finger ihren BH entfernten.

Er umfasste ihre nackten braunen Brüste mit seinen Händen und hielt sie einen Moment lang sanft fest.

Schließlich legte sie Anitas Brustwarzen zwischen Daumen und Zeigefinger und kniff sie zärtlich.

Die junge Frau seufzte hörbar.

Eric spürte, wie sein Schwanz in seiner Hose hart wurde, während er die Brustwarzen manipulierte.

Sie verhärteten sich unter ihrer Berührung und Anita spürte, wie ein erregter Stich durch ihren Bauch bis zu ihrer Muschi wanderte.

Eric schlang seine Hände um ihre Brüste, konnte sie aber kaum in seinem Griff füllen.

Er hob sie auf und sah zu, wie sie sich in seinen Handflächen niederließen.

Er ging um den Stuhl herum, stellte sich zwischen den Schreibtisch und Anita und sah sie kurz an.

„Steh auf und zieh dein Hemd aus", sagte er mit ruhiger Stimme.

Anita öffnete ihre Beine und stellte sich ein paar Zentimeter von ihrem Chef entfernt auf.

Er hob das Hemd über seine Schultern und ließ es auf den Stuhl fallen.

Ohne anzuhalten tat sie dasselbe mit ihrem BH.

Eric legte seine Hände außen auf Anitas Oberschenkel und hob sie, bis sie unter ihrem kleinen Rock verschwanden.

Anita spürte, wie sich Hände über die Außenseite ihres Höschens und über ihren Hintern hoben.

Dann bewegte Eric seine Hände zu ihrer Taille und packte den Riemen ihres Höschens.

Langsam ließ er sie sinken und kniete nieder, während sie über seine Knie und Füße glitten.

Er legte das schwarze Höschen auf den Stuhl und zog ihr die Schuhe aus.

Nachdem sie aufgestanden war, schaute sie auf ihren Rock und sagte: „Zieh es aus."

Anita öffnete den Reißverschluss des Rocks, ließ ihn auf den Boden fallen, stieg aus und trat ihn zur Seite.

Eric bewunderte ihre schmale Taille, ihre vollen Hüften und Oberschenkel.

lange Beine und kleine Füße.

Sein Blick kehrte zu ihrer Muschi und der kleinen, dünnen dunklen Haarsträhne über ihrer Klitoris zurück.

Anita fühlte sich in diesem Moment außerordentlich sexy, die Feuchtigkeit zwischen ihren Beinen nahm von Sekunde zu Sekunde zu.

Sie wollte den Mann nackt vor sich haben und sie wusste, dass es unvermeidlich war.

„Zieh mich aus", sagte er zu ihr.

Er musste seine Bewegungen bewusst verlangsamen, um sein Verlangen nicht zu offenbaren.

Anita zog Eric jedoch bald das Hemd über den Kopf und enthüllte einen gut gebauten, wenn auch nicht übermäßig muskulösen Oberkörper.

Sie schaute nach unten und öffnete ihren Gürtel, während Erics Blick zwischen ihren Brüsten und Händen wechselte.

Sie knöpfte seine Hose auf und zog sie herunter, bis sie von selbst über seine Waden fiel.

Anita kniete nieder und zog seine Schuhe und Socken aus, bevor sie seine Hose auszog und sie zur Seite warf.

Er blickte nach vorne auf die wachsende Beule seiner Boxershorts, dann packte er den Hosenbund und zog sie herunter.

Erics riesiger Schwanz war nur halb erigiert, aber Anita spürte, wie eine Welle der Erregung sie überkam, als sie seine Boxershorts auszog.

Sie stand auf und sah ihren Chef an.

Zu Anitas Erleichterung machte er den ersten Schritt, indem er sie umarmte und zu sich zog.

Er küsste sie leidenschaftlich, drückte seinen Schwanz gegen ihren Körper und bewegte seine Hände zu ihrem Arsch.

Eric drückte ihre weichen Wangen, als sich ihre Zungen zwischen ihren Lippen trafen.

Anita spürte, wie ihre Muschi an ihrem Körper rieb, und war sich nicht sicher, ob sie entschlossener war, sich selbst oder Eric zu befriedigen.

Ihr Kuss ging weiter, während sie eine Hand um seinen Schwanz legte und spürte, wie er pochte.

Der Schwanz begann nach oben zu zeigen und das Mädchen bewegte ihre Hand wiederholt auf dem Glied auf und ab.

Als der Kuss endete, sah Eric Anita an und sagte:

„Meine Frau macht das nicht mit mir. Du machst das wunderbar."

„Danke, ich freue mich, dass es dir gefällt", lächelte er.

„Ich habe Hunger", sagte Eric.

"Ich auch".

Sie gingen zur Couch.

Eric schnappte sich unterwegs die Tüte Donuts.

Sie fand Zeit, zu beobachten, wie Anitas kleiner, runder Hintern mit ihren Schritten hüpfte, bevor sie sich auf die Couch legte, ihren Kopf auf einem kleinen Kissen an einem Ende.

Eric griff in die Tüte und holte einen Donut und ein kleines Plastikmesser heraus.

„Ah, gefüllt mit Vanillecreme. „Meine Favoriten", sagte er. „Möchten Sie etwas teilen?"

„Das würde ich gerne tun", antwortete Anita.

Eric kniete nieder, legte den mit Schokolade überzogenen Donut auf den flachen Bauch des Mädchens und schnitt ihn vorsichtig mit dem Messer in zwei Hälften.

Ein Schauer lief durch Anitas Körper, als das Messer kaum ihre Haut streifte.

Eric beobachtete, wie sie zusammenzuckte, als die Klinge des Messers wieder aus dem Inneren des dicken Donuts hervorkam, und legte dann das Messer und die Hälfte des Donuts auf die Tüte auf dem Boden.

Er nahm den Donut von ihrem Bauch und drehte die mit Sahne gefüllte Mitte zu ihr.

Methodisch senkte er es, bis sich die Brustwarze ihrer rechten Brust direkt unter der Creme befand.

Mit einer langen, sanften Bewegung legte er eine Schicht Vanillecreme auf die Spitze ihrer Brust.

Anita schloss die Augen, als die kalte Polsterung ihre Brustwarze und die umgebende Haut bedeckte und Wellen durch ihren Körper in Richtung Bauch und Muschi sandte.

Eric schob den Donut leicht zur Seite und wiederholte den Vorgang, indem er neben dem ersten einen zweiten Streifen Sahne hinzufügte.

Schließlich drehte sie den Donut um und rieb den Schokoladenüberzug über die Spitze ihrer steifen Brustwarze.

Eric legte den Donut in die Tüte und sah Anita an.

Sie beobachtete aufmerksam, erwartete seinen nächsten Schritt und flehte ihn im Stillen an, sie zu verschlingen.

Eric bewegte seinen Kopf auf ihrer Brust und ließ seine Zunge über ihre Brustwarze gleiten, während er die süße Schokolade schmeckte.

Anita stöhnte fast laut auf, hielt sich aber zurück und sah zu, wie die Zunge ihres Chefs ihren Weg verlängerte, bis sie einen Zentimeter über und unter ihrer Brustwarze lag.

Er schluckte einmal, bevor er zur Brust zurückkehrte, dieses Mal öffnete er seinen Mund weit und nahm so viel wie möglich von der runden, vollen Brust des Mädchens auf.

Seine Zunge strich mehrmals über die Brustwarze, bevor sich seine Lippen um das rosa Fleisch schlossen und daran saugten.

Diesmal konnte Anita sich nicht zurückhalten.

„Oh Gott", flüsterte er.

Eric hob den Kopf und leckte sich die Creme von den Lippen.

Als sein Mund erneut auf Anitas Brust landete, drückte seine Hand die Brust nach oben und er leckte hungrig den Rest der Vanillecreme von ihrer Haut.

Es kam immer auf die Brustwarze zurück.

Anita wölbte ihren Rücken und drückte ihre Brust höher.

Sie spürte, wie die Nässe zwischen ihren Beinen mit jedem Streichen seiner Zunge über ihre Brustwarze zunahm und sie war sich sicher, dass er sie zum Kommen bringen könnte, wenn er sie so hielt.

Sie griff erneut nach dem Donut und verteilte dieses Mal die weiße Füllung und die Schokolade noch mehr auf ihrer linken Brust.

Die Creme bedeckte fast zwei Drittel seiner Brust und ließ Eric mit einem fast hohlen halben Donut in der Hand zurück.

Nachdem er den Donut wieder in die Tüte gelegt hatte, beugte er sich über Anitas Körper und legte ihre Brust akribisch Stück für Stück frei.

Das Mädchen legte ihre Hand auf Erics Kopf und drückte sie fester gegen seine Brust.

Währenddessen bewegte sich seine Hand von ihrer Hüfte zwischen ihre Beine und streichelte für einen Moment den Kitzler, der unter einer ordentlich geschnittenen dunkelbraunen Haarsträhne verborgen war.

„Oh, Jesus", sagte er leise. "Das fühlt sich so gut an."

Mit nur einer kleinen Menge Vanillecreme auf seiner Brust kletterte Eric auf die Couch und platzierte seine Beine zwischen seinen.

Sein Schwanz war jetzt vollständig erigiert und zeigte in einem spitzen Winkel nach oben.

Er beugte sich vor und legte seinen Schwanz auf ihre mit Creme bedeckte Brust, wobei er ihn hin und her bewegte, bis er eine kleine Schicht der weißen Füllung hatte.

Anita führte den Schwanz mit ihrer Hand zu den Stellen mit der meisten Sahne.

Bald war es vom rosafarbenen Kopf bis zur Basis weiß.

Anita sah zu, wie Eric nach vorne rutschte und seinen Schwanz an ihre Lippen führte.

Begierig öffnete er seinen Mund und nahm das Geschenk an.

Der zuckersüße Geschmack der Sahne ließ sie fast die Liebe vergessen, die sie für den Geschmack eines heißen, harten Schwanzes empfand.

Seine Zunge bearbeitete alle Seiten des Glieds, während Eric sie in seinen Mund hinein und wieder heraus schob, was ihn vor Vergnügen stöhnen ließ.

„ Ähmmm , Anita. „Lutsch mich, leck mich so", sagte Eric. „Ja, ja. So."

Es dauerte ein paar Minuten, bis das Mädchen die letzte Sahne aus seinem Schwanz bekam; saugte, leckte und schluckte so schnell er konnte.

Als er fertig war, war Eric härter als zuvor und stand kurz vor dem Höhepunkt.

„Fick mich, Eric", rief Anita laut. „Ich will dich in mir. Bitte."

Als ihr Chef von der Couch aufstand, spreizte Anita die Beine und hob die Knie.

Als er seinen Schwanz am Eingang ihrer Muschi hatte, war ihre Hand bereit, ihn in sie hineinzuführen.

Sogar sie war überrascht, wie bereit sie für ihn war.

Sobald der Kopf des geschwollenen Penis die Öffnung fand, konnte Eric sich senken, bis ihre Schenkel sich in einem sanften Schlag trafen.

„Gott ja. „Fick mich", sagte Anita.

Eric kam ihren Forderungen schnell nach.

Er hob sie am Arsch hoch und begann, seinen Schwanz hinein und heraus zu schieben, wobei er spürte, wie sie ihre Vagina regelmäßig zusammenzog.

Anita hob ihre Beine und schlang sie sanft um Erics Taille, sodass er sie noch höher heben konnte.

Anitas Brüste bewegten sich rhythmisch.

Gelegentlich kniff er in ihre Brustwarzen und sandte gefühlte elektrische Ströme direkt in ihre Muschi.

In der Zwischenzeit positionierte sich Eric neu, sodass eine freie Hand ihre Klitoris massieren konnte.

Er fand die geschwollene Beule leicht und rieb sie.

Der Kopf des Mädchens begann hin und her zu schwanken und murmelte:

"Scheiße. Scheisse. Ja, da. Dort!"

Eric rieb ihn stärker und spürte, wie sich sein Körper anspannte.

Ihre Beine drückten ihn fest und sie schrie: „Ahhhh. Oh Gott. Jetzt."

Ihr Orgasmus begann mit einem weiteren gedämpften Stöhnen und ihre Hüften zuckten nach oben, um seinen Abwärtsstößen zu begegnen.

Mindestens dreißig Sekunden lang drang Eric immer wieder in sie ein, während sie stöhnte und schrie, er solle sie ficken.

Eric wollte, dass das Gefühl ihrer engen Muschi um seinen Schwanz und ihres sich unter ihm windenden Körpers für immer anhält.

Er hielt ihren Hintern fest, als sie sich langsam auf der Couch niederließ.

Eric konnte sich nun auf seinen eigenen Körper konzentrieren und spürte, wie die erste Welle Sperma aus seinen Eiern aufstieg.

Anita spürte den nahenden Orgasmus in ihm und drängte ihn weiterzumachen.

„Das ist es. Komm, spritz mir in die Muschi."

Erics Schwanz explodierte in einer Flut von Sperma, die Anita spürte, wie sie ihr Inneres füllte.

Die warme Flüssigkeit schoss in mehreren Schüben heraus, die jeweils von einem lauten Stöhnen begleitet wurden.

Eric packte Anita unten an ihren Schultern und drückte ihren Körper an seinen.

Als er gerade fertig war und mit seinem Schwanz tief in ihr stehen blieb, drückte Anita ihre Muschi fest.

„Ahhh, verdammt. „Hör auf", murmelte Eric, fast außer Atem und halb lachend.

Er schüttelte sich ein letztes Mal und fiel schlaff und völlig erschöpft von ihr.

Er lag in ihren Armen, seinen Kopf auf ihrer Brust und ihre Beine immer noch um seine Taille geschlungen.

„Alles, was Sie tun müssen, ist danach zu fragen, wann immer Sie wollen", sagte Eric leise und zeichnete mit dem Finger den Umriss ihrer Brustwarze nach.

„Ich hatte heute einfach Hunger", sagte sie.

UNERWARTETE SITUATION

41

KAPITEL I

„Ich werde im Zimmer auf dich warten und etwas Freizügiges tragen“, hatte John ihr gesagt.

Sie haben ihn wie Essen zum Mitnehmen behandelt, dachte Gina, als sie das Gespräch beendete.

Und so fühlte sie sich jetzt, als sie im Kosmetikspiegel ihr Make-up auftrug: schattierte Augen , herzförmige rote Lippen und gerade genug Make-up im Gesicht, um sie nicht wie eine Figur aus einem Wachsfigurenkabinett aussehen zu lassen.

Möchtest du sonst noch etwas in deiner Bestellung, Schatz?

Zufrieden mit ihrer Arbeit ging sie barfuß, nur mit BH und Höschen bekleidet, über den Schlafzimmerteppich und öffnete den Schrank.

Aus einem Regal über seiner Kleidung holte er eine kleine Schachtel Geld heraus und trug sie zum Bett.

Als sie es öffnete, fielen viele Zehner und Zwanziger auf die Seidenlaken.

Gina zählte vier von zwanzig und legte den Rest in die Schachtel.

Sie stellte die Schachtel zurück in den Schrank, steckte das Geld in ihre Handtasche und begann sich anzuziehen.

John lebte am anderen Ende der Stadt in einem luxuriösen Stadthaus mit fünf Schlafzimmern in der Nähe des Kanals.

Die Fahrt dorthin würde je nach Nachmittagsverkehr zehn Minuten dauern.

Er war ein relativ neuer Kunde von ihr, den sie bisher sechs Mal betreut hatte.

Sie hasste ihn.

Er war arrogant, unhöflich und völlig pervers.

Er war italienischer Abstammung: olivfarbene Haut, eine große Nase und dichtes schwarzes Haar am ganzen Körper.

John aß gern und Gina fand, er sah aus wie eine Mischung aus einem Gangster aus den 1940er-Jahren und einem Hängebauchschwein.

Er hatte mit seinen Verbindungen zur kriminellen Unterwelt geprahlt, aber Gina war sich nicht sicher, wie viel von dem, was er sagte, wahr war.

Sie dachte, er wollte sie nur beeindrucken.

Sie konnte nicht verstehen, warum Männer das für attraktiv für Mädchen hielten.

Gina hasste Gewalt und schaltete einen Film beim ersten Anzeichen von Blut oder Gewalt aus.

Aber John war definitiv in einer zwielichtigen Angelegenheit tätig.

Sie hatte Waffen in seinem Haus gesehen.

Er hatte während ihrer sexuellen Beziehung hitzige Telefonanrufe gehört, die John nicht ignorieren wollte.

Über Geld und Drogen reden.

Sie fand Männer wie John hasserfüllt: gierig, egoistisch, unehrlich und korrupt.

Allerdings brauchte sie das Geld zu sehr.

Ginas Leben war voller Schulden.

Ein geisteswissenschaftliches Universitätsstudium, der Mini-Fiat, mit dem sie jeden Tag zu ihrem Bürojob fuhr, Kleidereinkäufe, Urlaub auf Ibiza und ein Kredit, den sie für die Einrichtung ihrer Wohnung aufgenommen hatte.

Sie schwamm in Schulden, aber die Kreditgeber hatten ihr nie etwas verweigert.

Und deshalb arbeitete sie seit einem Jahr als Privatbegleiterin.

Privat war das Schlüsselwort.

Sie hatte keine Online-Werbung und hatte zu große Angst, dass ihre Familie oder Freunde ihr schmutziges Geheimnis entdecken würden.

Wenn nicht, war sie auf Mundpropaganda und ihre Stammkunden angewiesen, Leute wie John.

Der erste Mann, der sie dafür bezahlte, Sex mit ihr zu haben, hieß Peter.

Sie traf ihn nach ihrer Trennung von Adams auf einer Dating-Website, wusste aber sofort, dass er nicht der Richtige für sie war.

Es lag nicht daran, dass er in den Vierzigern und fünfzehn Jahre älter war als sie.

Tatsächlich war das der Grund, warum sie ihn überhaupt kennengelernt hatte, weil sie dachte, ein älterer Mann könne ihr geben, was der 24-jährige Adams nicht konnte.

Engagement, Sicherheit, neue sexuelle Erfahrungen vielleicht.

Sie fühlte einfach keine Verbindung zu Peter, und das merkte sie bereits eine Stunde nach ihrem ersten Date, einem Abendessen für zwei in einem indischen Restaurant im schönsten Teil der Stadt.

Sie verabschiedete sich und dankte ihm für das köstliche Essen, da sie dachte, dass es das letzte Mal sein würde, dass sie ihn sehen würde.

Doch Peter interessierte sich mehr für sie, als er zunächst gedacht hatte.

Zwei Tage später kontaktierte er sie mit dem Angebot, sie für Sex zu bezahlen.

Gina war zunächst überrascht, sogar beleidigt.

attraktiven Eindruck hinterließ.

Aber das würde sie nicht zu einer Schlampe machen oder zu jemandem, der beim ersten Anzeichen finanzieller Schwierigkeiten die Beine breit machen würde.

Sie hatte sicherlich Mädchen getroffen, die das tun würden.

Aber Peter schien so ein netter Kerl zu sein, und je mehr Gina über ihre Schulden nachdachte, begann sie sich zu fragen, was es schaden könnte, das Angebot anzunehmen. Es gäbe einen gegenseitigen Nutzen.

Peter würde sie besitzen und sie würde das Geld bekommen, das sie dringend brauchte.

Wenn am Ende niemand verletzt wird, was war dann wirklich das Problem?

Gina war jedoch naiv.

Sie hätte nie gedacht, wie süchtig machend bezahlter Sex sein könnte und wie elend und billig sie sich dabei fühlen würde.

Erschwerend kam hinzu, dass Peter nicht der Gentleman war, für den sie ihn zunächst gehalten hatte.

Bald verbreitete sich die Nachricht, dass sie ihre Dienste gut leistete, und das konnte nur daran liegen, dass er es direkt verbreitete.

Angebote aller Art über die Dating-Seite, auf der sie Peter kennengelernt hatte, füllten ihr Postfach.

Ich konnte nicht glauben, wie viele ältere Männer jüngere Frauen zum Sex aufsuchten und wie viele bereit waren, dafür zu zahlen.

Es war für sie sehr lukrativ gewesen und sie merkte bald, dass sie mehr Geld verdienen konnte, wenn sie bereit wäre, ihre Grenzen ein wenig weiter auszudehnen.

Männer zahlten mehr für Dinge wie Analsex, Dominanz, Natursekt und verschiedene Arten von Rollenspielen.

Gina hatte in Schulmädchenuniformen, sexy Dessous und Peitschen investiert. Sie hatte alles gegessen, was ihnen empfohlen wurde, und alle möglichen Gegenstände in sich gesteckt und sogar so getan, als würde sie einen fünfzigjährigen Mann stillen, der eine Windel trug.

Natürlich hatte John mit seinem Geld alle verfügbaren Annehmlichkeiten genossen.

Von erstklassigen Prostituierten über Pornostars bis hin zu Page-3-Models.

Es war eine Obsession, die an Sucht grenzte.

Es schien, dass alle jungen und schönen Mädchen bereit waren, ihr Vermögen zu verkaufen, solange es noch begehrenswert war.

Es war tragisch.

Daher war es keine Überraschung, dass John, nachdem er von einem Freund davon erfahren hatte, Gina kontaktierte.

Und heute Abend würden sie zum fünften Mal zusammen sein.

Gina schaute auf ihre Uhr und richtete ihre Kleidung im Flurspiegel.

„In einem Jahr wird alles vorbei sein, Mädchen", erinnerte sie sich.

'Du kannst es schaffen.'

Dann schnappte er sich seine Schlüssel und ging zur Tür hinaus.

KAPITEL II

Zehn Minuten später hielt er auf der Midesting Road an.

Es war kurz nach halb zehn und in einem der anderen Häuser war eine Poolparty in vollem Gange.

Er fuhr durch das schmiedeeiserne Tor von Johns Haus und parkte den Fiat in der Einfahrt.

Der Mond schien auf das Dach von Johns silbernem Mercedes, als sie das Knirschen ihrer Absätze über den Kies hörte und zur Seite des Hauses ging.

John hatte ihm gesagt, er solle durch den Hintereingang eintreten.

Heute Abend werden sie ein Rollenspiel spielen.

Er wird im Bett liegen und sie wird wie eine Diebin hereinspazieren und ihn überraschen.

John liebte es, Dinge durcheinander zu bringen.

Sie hatte noch nie einen Mann getroffen, der so sexuell einfallsreich war.

Er blieb auf halber Höhe des Hauses stehen und blickte die Gasse auf und ab.

Sie war sicher, dass niemand sie dort sehen würde, aber sie wollte für alle Fälle sichergehen.

Sie zog ihr Höschen herunter, schob es über ihre Fersen und glättete dann ihren Rock.

Sie steckte das Höschen in ihre Tasche.

Rote Spitze, Johns Favorit.

Dann taumelte sie auf den Fersen den Weg entlang und öffnete die Tür zum Hintergarten.

Ein metallener Mülleimer klapperte, als sie versehentlich mit der Spitze ihres spitzen Absatzes dagegen trat.

'Dumm!' Sie ermahnte sich.

Das Licht in der Küche brannte und die Terrassentür, die dorthin führte, war angelehnt.

John muss es für sie offen gelassen haben.

Gina strich ihre Haare zurück, setzte ihren sinnlichen Spaziergang fort und betrat das Haus.

Er roch verbrannt, als er die Küche betrat und die Tür schloss.

Es war wahrscheinlich eine der Zigarren, die John gerne rauchte.

Er war so ein rauchender Gangster .

Das Haus war still.

John musste im Bett auf sie warten, wie er es ihr gesagt hatte.

Gina ging durch das sorgfältig eingerichtete Esszimmer, alles modern und mit Holzmöbeln in einem tiefroten Farbton, und hinaus auf den Flur.

Sie schaute die Wendeltreppe hinauf.

„John", sagte er spöttisch. „Bist du bereit oder nicht?"

Als sie die Treppe hinaufstieg, klapperten ihre Absätze auf den polierten Stufen.

Als sie in den Flur einbog, sah sie, wie sich Johns Schlafzimmertür öffnete.

Das Licht war an, aber es machte immer noch kein Geräusch.

Dann hörte er ein Knacken.

'John?'

Der dicke Bastard saß wahrscheinlich auf seinem Thron im Badezimmer.

Gina strich ihr Haar glatt, senkte ihren Ausschnitt und betrat den Raum.

In diesem Moment schien alles stehenzubleiben.

Ginas ganzer Körper erstarrte.

Auf dem Bett lag John, völlig nackt und an die Decke starrend. Die Laken um ihn herum waren von einer Blutlache durchnässt, und seine Kehle war aufgeschlitzt.

Gina stieß einen Schrei aus.

Eine dunkle Gestalt kam hinter der Tür hervor und packte sie, legte einen Arm um ihren Hals und legte seine Hand auf ihren Mund .

„Machen Sie keinen Lärm, sonst schneide ich Ihnen auch den Lärm ab", sagte er.

Gina spürte die kalte, scharfe Spitze eines Messers an ihrem Hals.

'Wer bist du?' sie stöhnte.

„Jemand, den du nicht ficken willst"

Der Mann drückte ihren Hals mit seinem muskulösen Unterarm fester.

'Was machst du hier?'

„Ich bin gekommen, um John zu sehen."

'So dass?'

„Er hat mich darum gebeten."

'Weil?' verlangte der Mann.

„Nur um es zu sehen."

Er drückte Ginas Luftröhre mit seinem Arm, sodass sie erstickte.

'Weil?' schreien.

„Um Sex zu haben", brachte Gina stammelnd hervor.

Sie begann zu husten, als der Mann den Druck um ihren Hals linderte.

'Bist du eine Prostituierte? ' er sagte.

'NEIN!'

'Na und?'

'Ein Begleiter'.

„Es ist dasselbe", sagte der Mann.

Gina sagte nichts, weil sie Angst hatte, dass der Mann ihr das Genick brechen oder sie erstechen könnte, wenn sie ihm in die Quere kam.

„Es sieht so aus, als hätten wir ein Problem", sagte er.

Er drehte sich zu Johns leblosem Körper um und hielt Gina fest zwischen seinem Arm und seiner Brust.

Gina hatte das Gefühl, als würde ihr schlecht werden, als sie so viel Blut sah.

„Jetzt sind Sie Zeuge eines Mordes."

„Bitte", bettelte Gina.

'Ich werde es niemandem erzählen. Lassen Sie mich einfach gehen.'

KAPITEL III

Ein unheimliches Lachen ertönte aus dem Mund des Mannes.

„Sicher verstehen Sie, dass es nicht so einfach sein wird."

Angst schoss durch Ginas Körper.

Er spürte, wie warmer Urin an der Innenseite seiner Beine heruntertropfte.

Sie wollte heute Nacht nicht sterben.

Der Mann packte sie mit seiner lederbehandschuhten Hand am Arm und führte sie ins Badezimmer.

Er schloss die Tür hinter sich und drehte sich zu ihr um.

Gina wich in eine Ecke zurück, als sie sein Gesicht sah.

Sie hatte nicht erwartet, dass es eines der schönsten Gesichter sein würde, die sie je gesehen hatte, aber am meisten überraschte sie die tiefe Narbe an der Seite seiner Wange.

Und sein Körper schien zum Töten gemacht zu sein, mit den Schultern eines Boxchampions, und das konnte einem das Genick in zwei Hälften brechen.

Er war ein Monster.

Er musterte sie mit harten blauen Augen von oben bis unten.

„Wer weiß, dass du hier bist?"

'Niemand! Kannst du mich bitte gehen lassen und fliehen? Ich versichere Ihnen, dass ich es der Polizei nicht sagen werde.'

Er näherte sich ihr in einem langsamen, räuberischen Schritt.

„Dafür ist es zu spät." Du hast mein Gesicht bereits gesehen.'

„Ich verspreche, dass ich es nicht verraten werde. Bitte, du oder John sind mir egal, ich will einfach nur nach Hause. Ich will nicht sterben." Gina brach in Tränen aus.

Der Mann legte eine behandschuhte Hand auf ihre nackte Schulter und näherte sich drohend ihrem Gesicht.

Gina spürte, wie die warme Luft aus ihrer Nase ihre Wangen berührte.

„Da, da, da", schnurrte er. „Warum dieses hübsche Gesicht ruinieren?"

Sie fuhr mit einem langen Finger über Ginas tränenüberströmte Wange.

Ginas ganzer Körper erstarrte zu Eis, als sie seine Berührung spürte.

Die Anziehungskraft, die sie für den Körper dieses Mannes empfand, und die Angst, die sie empfand, weil sie von jemandem, von dem sie wusste, dass er sie leicht töten könnte, an die Wand gedrückt wurde, hatte etwas äußerst Widersprüchliches.

Er beugte sich näher zu ihr und ließ seine raue Zunge über ihr Gesicht gleiten, sodass sie spürte, wie ein Schauer über ihre Haut lief.

Sie hatte nicht damit gerechnet, was als nächstes kommen würde.

Die behandschuhte Hand des Mannes glitt unter ihren Rock, während seine langen Finger ihre entblößten Lippen sondierten.

„Ungezogenes Mädchen", sagte er über seine unerwartete Entdeckung.

„Bitte...oh"

Der Mann hatte seinen Handschuh ausgezogen und ein langer, fleischiger Finger steckte nun in ihr.

Sie fand Ginas Klitoris sanft und massierte sie, wodurch eine Hitze entstand, die sich in ihr auszubreiten begann.

Gleichzeitig ließ sie ihre Zunge über die festen Konturen von Ginas Hals gleiten.

Gina drehte sich um und sah ihr Spiegelbild im Spiegel über dem Waschbecken.

Und er sah auch, wie dieses große, seltsame Tier wie ein Vampir in seinen Hals sank und die Klinge des Messers in seiner freien Hand im Halogenlicht wie eine Warnung aufblitzte.

Sie wagte es nicht, sich zu bewegen, aus Angst, er könnte seine scharfe Spitze gegen sie einsetzen.

Der Mann zog sich zurück und ließ seinen Blick über ihren Körper schweifen.

Es war eine tiefe Erregung in ihnen, als könnte er ihren nackten Körper durch ihre Kleidung sehen.

Er nahm ihre Tasche von ihrer Schulter und ließ sie auf den Boden fallen, während eine Tube Lippenstift und ein rotes Höschen auf die Fliesen fielen.

Er packte eine ihrer Brüste durch ihre hautenge Weste und drückte sie sanft, dann fuhr er mit seinem Finger über ihre Brustwarze, als sie stramm stand.

Sie war wie Kitt in seinen Händen.

„Was wirst du mit mir machen?" Sie fragte.

„Da wir alleine sind und das Haus nur für uns bereit haben, werde ich dir geben, was der Typ da drüben dir nie gegeben hätte."

Oh Gott, dachte Gina. Nicht das.

Der Mann spürte ihre Angst und lächelte.

'Mach dir keine Sorge. Sobald du mich in deiner Muschi erlebst, wirst du froh sein, dass der andere tot ist.

Der Mann hatte Recht damit, dass sie allein waren.

Ohne Nachbarn in der Nähe wäre jeder Hilferuf erfolglos.

Wenn ... wenn sie zustimmte und tat, was der Mann sagte, könnte sie das Haus lebend verlassen.

Welche andere Wahl blieb ihr angesichts all der anderen Chancen, die gegen sie standen, als das beste Rollenspiel ihres Lebens auf die Beine zu stellen?

Also traf er eine Entscheidung.

Sie würde die beste Leistung ihres Lebens erbringen.

Und falls er scheiterte, hatte sie einen Ersatzplan.

„Zieh das aus", knurrte der Mann und deutete mit dem Kopf auf seine Weste.

Gina tat, was er sagte.

Als die Weste über ihren Kopf glitt, schüttelte sie ihre Haare und starrte auf seinen Körper.

„ Ich möchte, dass du dich auch ausziehst", sagte er.

Der Mann stieß ein spöttisches Lachen aus.

„Du wirst mir nicht sagen, was ich tun soll." Und ich bin nicht so dumm, wie Sie zu denken scheinen. Zieh es runter.' Er nickte in Richtung Ginas Rock.

Sie knöpfte ihren Rock auf, ließ ihn über ihre Beine fallen und trat ihn dann mit dem Absatz auf ihn zu.

Sie war in High Heels und einem BH vor ihm da und hatte ihre rasierten Schamlippen der kühlen Luft des Badezimmers ausgesetzt.

Sie hob ihre mit Wimperntusche umrandeten blauen Augen zum durchdringenden Blick ihres Entführers.

„ Wie süß und schön", sagte er und sog Luft durch die Nase ein. 'Umdrehen.'

Gina drehte sich um und blickte auf die gefliese Wand.

Durch die Spiegelung beobachtete sie, wie der Mann sich vorbeugte und ihren Schritt streichelte, während er ihren Hintern betrachtete.

Die große Beule, die sie in seiner Hose hervorragen sah, verriet ihr, dass er gut ausgestattet war.

Er zwang sie, sich nach vorne zu beugen, packte sie an den Hüften und zog seinen Schritt zu ihr.

Die harte, fette Beule wurde nun in die Spalte ihres Gesäßes gedrückt.

Seine bloße Hand berührte ihren Hintern und drückte sie nach vorne, das Messer in der anderen immer noch fest umklammert.

Gina sah zu, wie er es auf die Arbeitsplatte neben dem Waschbecken stellte und begann, seine Hose aufzuknöpfen.

Sie blickte auf das Messer und kämpfte gegen den Drang, danach zu greifen.

Aber sie wusste, dass sie nicht so dumm sein konnte; Mit seiner Größe würde der Mann seine kleine Statur von 1,70 m in

Sekundenschnelle überwältigen. Dennoch war es verlockend ... sehr verlockend.

Seine schwarze Hose fiel zu Boden und enthüllte ein Paar schwarze Boxershorts über riesigen, muskulösen Oberschenkeln.

Seine Erektion stieg zum Saum hin an, geschwollen und riesig.

Gina schluckte das Keuchen herunter, das beinahe ihrem Mund entschlüpfte.

Wie könnte ich das alles unterbringen?

Der große Schwanz drückte gegen den engen Stoff seiner Boxershorts und wollte unbedingt raus.

Als der Mann sie herunterzog, fiel der große lila Kopf auf Ginas Wangen.

Das dicke und stark geäderte Glied war mindestens neun Zoll lang.

Der Mörder war ein sexueller Adonis.

Er packte ihre Hüfte mit seiner immer noch behandschuhten Hand, nahm seinen Schwanz in die andere und führte ihn zu Ginas Schamlippen.

Als sie den warmen, weichen Schwanz zwischen ihren Lippen spürte, schnappte Gina nach Luft.

Und als er es hineinsteckte, gaben ihm fast die Knie nach.

Der Penis drang mit kühner Tiefe ein und pochte vor Erregung in ihre heiße, feuchte Vagina.

Er traf einen Bereich in Gina, der noch nie zuvor penetriert worden war, und ihre tückische Klitoris begann vor Erregung zu pumpen, wobei sich Feuchtigkeit auf ihren Lippen und Wänden ansammelte, um diesem aufregenden Neuankömmling Platz zu machen.

Der Mann begann zu stoßen, seine starken Hüften waren in der Lage, die Härte von Ginas Innenwänden mit außergewöhnlicher Geschwindigkeit zu erzwingen.

Es fühlte sich unglaublich an.

Sie umklammerte die Kante der Spüle, während er weiterhin in ihre nassen Schamlippen eindrang und seine Eier gegen sie klatschten.

Er zog den anderen Handschuh aus und fuhr mit seinen großen, überraschend weichen Händen über ihren Rücken und öffnete ihren BH.

Es fiel auf den Fliesenboden und gab ihre Brüste frei.

Jetzt trug sie nur noch ihre Absätze, als das riesige Biest sie von hinten traf.

Gina spürte, wie er sich zurückzog und ihre Muschi einen Moment lang erleichtert war.

Aber es dauerte nicht lange, bis sein Penis wieder in ihr steckte, diesmal jedoch in Richtung ihres Arsches.

Der riesige Schwanz des Mörders drang in die engen Falten von Ginas Anus ein und sandte einen stechenden Schmerz durch sie hindurch.

Einen Moment lang glaubte er, den Schmerz nicht ertragen zu können, seine Muskeln spannten sich an, um diesen Fremdkörper auszustoßen, aber dann entspannten sie sich, als der Schmerz begann, sich in Vergnügen zu verwandeln.

Gina hatte schon einmal Analsex gehabt, aber nicht mit einem so großen Phallus wie diesem.

Das Vergnügen, das sie jetzt erfüllte, war anders als alles, was sie jemals zuvor empfunden hatte.

Sie musste sich daran erinnern, wo sie war.

In Johns Haus wird er von einem Mann gefickt, der ihn gerade getötet hat.

Johns tote und bereits etwas erkaltete Leiche lag ein paar Meter entfernt im anderen Raum wie ein schreckliches Abbild seines früheren Ichs.

Gina wusste, dass sie dieses Bild niemals aus ihrem Gedächtnis löschen würde, egal wie sehr sie ihn verachtet hatte.

Und es würde den Hass, den sie ihm gegenüber empfand, vernichten, wenn er dadurch lebend zurückkommen und ihr jetzt helfen könnte.

Aber es ist etwas Seltsames daran, was passiert, wenn man mit einer Morddrohung konfrontiert wird, und Gina erlebte es zum ersten Mal in diesem Badezimmer, in dem sie jetzt gefangen gehalten wurde.

Ein Instinkt übernimmt die Kontrolle, so primär, dass es sich nicht mehr wie ein tierischer Instinkt anfühlt.

Und du weißt, dass du alles tun wirst, um zu überleben.

KAPITEL IV

Der Mann schlug mit heftigen Stößen auf ihren Arsch ein, Speichel lief aus seinem Mund, sein hübsches Gesicht war gerötet und erregt.

Die leisen, kehligen Laute, die er von sich gab, warnten Gina, dass er gleich abspritzen würde.

Sie umklammerte fest die Kante der Theke.

Seine Fingerspitzen wurden weiß, als er sich festhielt.

„Scheiße", stöhnte der Mann.

„ Ich werde abspritzen."

Und er tat es, und ein schwerer Seufzer verließ seinen Mund, er schloss die Augen und legte den Kopf zurück ...

Und Gina nutzte ihre Chance.

Er ließ die Theke los und griff nach dem Messer.

Mit einer blinden, kraftvollen Armbewegung rammte er es seinem Peiniger in den Hals.

Sie sprang auf und drückte ihren Rücken gegen die Wand, die kalten Fliesen an ihrem schweißnassen Rücken.

Mit großen Augen vor Angst und Sorge sah Gina, dass der Mann in einer statischen Haltung stand und würgte, als seine großen Augen sie ansahen.

Das Messer ragte aus seinem dicken, glänzenden Hals und dunkelrotes Blut sickerte über den Kragen seines schwarzen Mantels.

Sein Schwanz war immer noch erigiert, und an der Spitze hing eine glänzende Spermaspur.

Ihre benommenen Augen blieben auf Ginas gerichtet, als sich ihr Mund öffnete und Blut über ihre Unterlippe lief.

Es gelang ihm, das Wort „Bitch" zu gurgeln, bevor er rückwärts zusammenbrach und gegen die Tür krachte.

ein verrücktes Lachen ausstieß . Sein Plan hatte funktioniert.

Erstes Mal. Sie hatte im Spiegel gesehen, wie er die Augen schloss, während er ejakulierte, und freute sich darüber, dass sie den Angriff viel einfacher gemacht hatte.

Sie schnappte sich ihre Klamotten und zog sich schnell an, diesmal zog sie ihr Höschen wieder an.

Sie schnappte sich ihre Handtasche und trat ihren Angreifer mit der scharfen Fersenspitze. Dann spuckte sie ihm ins Gesicht.

„Das liegt daran, dass du mich eine Hure nennst, du Hurensohn!"

Er drückte seinen Körper zurück, damit er die Tür öffnen konnte.

Hinterkopf mit einem dumpfen Schlag auf den Teppich.

Sie schlich auf Zehenspitzen über den blutgetränkten Körper und betrat das Schlafzimmer.

Sie betrachtete Johns Körper auf dem Bett.

Blut auf dem Boden.

Blut im Bett.

Der Tod wohin er blickte.

Es war zu viel.

Gina rannte aus dem Zimmer und die Wendeltreppe hinunter, so schnell ihre Absätze sie tragen konnten, und hinter ihr hinterließen purpurrote Dreiecke Flecken auf dem Boden.

Am Fuß der Treppe blieb sie stehen, wischte sich die Tränen weg und kontrollierte ihre Gedanken.

Dieser Lebensstil hatte ihr alles ruiniert.

Es hatte sie unglücklich und zynisch gegenüber Männern gemacht.

Er hatte seine Moral neu geordnet.

Und dieser dicke, tote Bastard war einer der Schlimmsten mit seinen korrupten Verhaltensweisen und schmutzigen Fantasien.

Er war ein Vorbild in der Gesellschaft, aber er verbreitete und infizierte alles, was er berührte, mit seiner korrupten Art.

Einschließlich ihr.

Sie hatte ihn in etwas verwandelt, das sie nicht war.

Und nun hatte er sie in eine Mörderin verwandelt.

Sie hatte in Notwehr getötet und die Scheiße, die in einer Lache ihres eigenen Blutes lag, verdiente alles, was ihr widerfahren war.

Aber sie wusste, dass sie es nie vergessen würde.

Wie er sie misshandelt hatte, als wäre sie nichts weiter als eine schmutzige Hure, und wie ihr Körper sie verraten hatte, indem er mit Vergnügen auf die Berührung seiner schmutzigen, mörderischen Hände reagierte.

Wie viele andere junge Mädchen müssen diese beiden Leben ruiniert haben?

Und wie sehr litten diese Mädchen noch?

Ich werde nicht mehr leiden, dachte Gina.

Er rannte die Treppe hinauf und betrat das Schlafzimmer.

Beim Anblick der beiden Leichen musste sie sich übergeben, aber sie schluckte die Übelkeit mit einem Ellbogen herunter und ging zum Bett.

Johns Gesicht war eine Maske des Entsetzens, sein Mund war schwarz und offen wie ein Fisch, seine Augen waren vor Entsetzen erstarrt.

Gina schaute weg und tastete nach dem goldenen Armband um ihr pummeliges Handgelenk.

An der Kette war ein dünnes rechteckiges Medaillon befestigt.

Sie öffnete es und las die Nummer darin: 47689.

Sie wiederholte die Zahl in ihrem Kopf wie ein Mantra, schloss das Medaillon und griff in ihre Handtasche.

Er holte ein Taschentuch heraus und wischte die Fingerabdrücke vom Medaillon.

Er warf John einen letzten verächtlichen Blick zu, bevor er sich umdrehte und die Treppe hinunter rannte.

Er rannte den Flur entlang, bis er Johns Arbeitszimmer erreichte und die Tür öffnete.

Er suchte den Raum ab, bis sein Blick auf das traf, weswegen er gekommen war.

John ist in Sicherheit.

Er hatte bei einem von Ginas Besuchen mit dem Inhalt geprahlt und sie hatte gefragt, was sich darin befand.

„Wunderschöne Juwelen", hatte er mit einem arroganten Lächeln gesagt.

„Es ist mehr wert als dieses ganze Haus."

Dann klopfte er auf die Kette an seinem Handgelenk und legte den Finger an die Lippen.

„Schh."

Gina ging zum Safe an der Wand und gab die Zahlenkombination ein.

Der Safe klickte und zeigte an, dass er geöffnet werden konnte.

Sie öffnete die Stahltür und schaute hinein.

Auf einem Stapel brauner Umschläge lag eine samtig rote Schmuckschatulle.

Gina spürte einen Knoten in ihrem Magen.

Sie öffnete es und fand die unglaublichste Diamantkette vor, die sie je gesehen hatte. Die wunderschön gearbeiteten Steine funkelten mit filmischem Effekt.

„Es ist mehr wert als dieses ganze Haus", flüsterte sie vor sich hin.

Genug, um alle Ihre Schulden und noch mehr zu begleichen.

Mit klopfendem Herzen schloss sie den Deckel und steckte die Schmuckschatulle in ihre Tasche.

Dann schloss sie den Safe und rieb eventuelle Fingerabdrücke auf dem Taschentuch ab.

Sie eilte aus dem Arbeitszimmer und den Flur entlang zur Vordertür, wobei sie sich vergewisserte, dass ihre Absätze keine belastenden Abdrücke von ihr auf den glänzenden Dielen hinterlassen hatten.

Nicht deins.

Sie öffnete die Tür des Hauses.

Die weiche, kühle Luft streichelte ihre Wangen, als sie in die Nacht hinausging, und die Last der Anwesenheit im Haus fiel ihr augenblicklich von den Schultern.

Endlich frei, rannte sie die Schotterstraße entlang, sprang in ihr Auto und warf ihre Tasche auf den Beifahrersitz.

Sie ließ ihren Kopf zurück auf das Lenkrad fallen und stieß einen leisen, kehligen Schrei aus.

Erschöpft und erschöpft griff sie in ihre Tasche und holte ihr Handy heraus.

Sie wählte 911.

„Polizei, bitte, ich habe gerade einen Mann getötet."

WILDER EMPFANG

67

WILDER EMPFANG

Susan lag auf der Couch und dachte an ihren Partner.

Sie liebte ihn von ganzem Herzen und träumte davon, dass er beim Vorspiel machen konnte, was er wollte.

Lecke und lutsche sie, bis ihr Grad an Ekstase es wert ist, dafür zu sterben.

Dann fick sie mit Sex, der mächtiger ist als die Schöpfung.

Es war so eine langweilige Nacht.

Susan lag in ihrem BH und rosa Seidenhöschen auf der Couch und sah sich einen Film an.

Aber Susan dachte an ihren Freund, seinen schönen Körper, seine grünen Augen und sein dunkelbraunes Haar.

Susans Zunge schob sich über ihre Lippen, als sie an ihn dachte, Lust erfüllte ihren Geist und Körper.

In diesem Moment hörte Susan, wie sich die Tür öffnete, er war endlich da.

Aufgeregt und nass sprang sie auf und rannte zur Tür.

Da stand er in Jeans und weißem T-Shirt.

Als er den Raum betrat, bemerkte er Susans wunderschöne, wogende Brüste, die vor Aufregung fast aus ihrem BH fielen.

Er packte sie an der Taille, zog Susan zu sich und küsste sie innig.

„Ich bin so verdammt geil", flüsterte Susan in ihren warmen, feuchten Mund. „Fick mich jetzt."

Er brauchte keine zweite Einladung und schob Susan zum Küchentisch.

Er zog sein Hemd aus, schaltete das Licht aus und verdunkelte den Raum.

Susan lag auf dem Tisch, ihre Brustwarzen ragten jetzt durch ihren weißen BH und auf ihrem passenden Höschen bildete sich ein nasser Fleck.

Als er auf sie zukam, bildete sich in seiner Jeans eine Beule.

Er beugt sich über Susan, küsst sanft ihren Bauch und leckt ihn überall ab.

Susan schnappt vor Vergnügen nach Luft und ihre Hände greifen nach seinem Kopf, um ihn näher zu ziehen.

Er leckte und küsste weiterhin ihren Bauch und bewegte sich gelegentlich zu ihrer Muschi, die immer noch von ihrem Höschen bedeckt war, um heiße Luft auf sie zu blasen.

Er packt ihre Unterwäsche mit seinen Zähnen und zieht sie mit einer schnellen Bewegung nach unten.

Er wirft sie auf den Tisch und schnüffelt an ihren Schamhaaren.

Susan beginnt zu stöhnen und schwer zu atmen.

Er vergräbt sein Gesicht in ihrer nassen Muschi und greift nach ihr, um ihr den BH auszuziehen.

Susans freche Brüste ergießen sich über seine weichen Hände.

Sie leckte noch einmal sanft Susans Schlitz, bevor sie sich dem Kühlschrank näherte.

Er öffnete es und holte eine Schüssel mit Erdbeeren heraus. Er nahm zwei davon und legte eines auf Susans Bauch und das andere zwischen ihre Brüste.

Er leckte die Erdbeere an seinem Nabel und aß sie anschließend.

Er fuhr fort, ihren Körper von unten nach oben zu lecken und ging schließlich zur nächsten Erdbeere über.

Er leckt Susans Dekolleté und bewegt die Erdbeere zwischen ihren Brüsten auf und ab.

Susan stöhnt über das ungewöhnliche Gefühl.

Er bewegte die Erdbeere weiter und weiter an Susans Körper entlang, bis er ihre Muschi erreichte und die Erdbeere mit seiner Zunge hineinschob.

Susan schnappte nach Luft und er konnte sehen, wie sich ihre Muschi um die mit ihren Säften bedeckte Erdbeere zusammenzog.

Sie schob die Erdbeere tiefer in ihre Muschi.

Er bedeckte es mit seinem Mund und saugte sanft, bis die Erdbeere wieder in seinem Mund war; jetzt bedeckt mit Susans Muschisäften.

Er schlürfte die Erdbeere, aß sie und drehte Susan auf den Bauch.

Mit ihrem Hintern in der Luft streichelte sie ihn.

Er schlug Susan sanft auf den Hintern, bevor er zu ihrem Hintern hinabstieg und ihn leckte, wobei er überall auf ihrem Hintern Knutschflecken hinterließ.

In der Nähe stand ein Glas Honig, und er steckte seinen Finger hinein und verteilte es auf Susans Lippen.

Dann steckte er seine Zunge tief in sie hinein, was Susan zum Stöhnen brachte.

Er schlürfte seine Zunge tief in ihre Muschi.

Laut stöhnend sagte Susan:

„Fick mich jetzt."

Er zog seine Jeans aus, sein Schwanz war kurz davor zu platzen.

Jetzt ist er nackt, sein Schwanz ragt groß und kräftig hervor.

Er packte Susan und fuhr mit seinen Händen über ihre Innenseiten der Schenkel und platzierte seinen Schwanz genau an ihrem Eingang.

Er rieb seinen Kopf an ihrer Nässe; Sanft öffnete sie ihre Lippen und ließ die Spitze seines Schwanzes sanft gleiten.

Ein Stöhnen entkam Susans Lippen, als sie spürte, wie die Spitze seines Gliedes in sie eindrang.

Susan stöhnte lauter, als er den Rest seines riesigen harten Schwanzes in ihre Muschi schob.

Während er sie ganz ausfüllte, drückte sie die Wände ihrer Muschi zusammen, so dass er nun ein Stöhnen von sich gab.

Er begann, seinen Schwanz in Susans Muschi hinein und wieder heraus zu pumpen, wobei er mit jedem Schlag immer weiter vordrang.

Er hämmerte weiter auf ihre Muschi ein und ließ Susan immer lauter stöhnen.

Er packte ihre Schenkel, hämmerte härter als je zuvor und grunzte, als er mit seinem riesigen Schwanz in Susans Körper eindrang.

Susan rief:

„Das fühlt sich so gut an, Baby, fick mich härter."

Er rammte seinen Schwanz fester in Susans Muschi und spürte, wie sich das Sperma an der Basis seines Schwanzes ansammelte.

Seine Eier schlagen bei seiner Bewegung gegen Susans Arsch.

Susan stieß ein langes Stöhnen aus und begann einen wilden Orgasmus zu bekommen. Ihre Muschi drückte seinen Schwanz, sodass auch er zum Orgasmus kam.

Sperma spritzte aus seinem Schwanz, der erste Strahl drang in Susans Muschi ein.

Aber er zog sich zurück und ließ den Rest seinen Körper berieseln.

Gerade als ihr Orgasmus nachließ, stieß er seine Finger in ihre Muschi und pumpte sie schnell, was Susan erneut zum Orgasmus brachte.

Stöhnend bewegte sich Susan über den Tisch, zog ihn auf sich und küsste ihn innig.

Ihr Schweiß und ihr Sperma vermischten sich auf den beiden Körpern.

Nachdem sie sich beide entspannt hatten, sagte er:

„Es ist schön, so aufgenommen zu werden."

ENDE